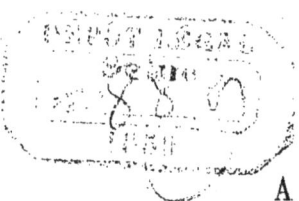
A SA MAJESTÉ

NASSER-ED-DIN

ROI DES ROIS

EMPEREUR DU SUBLIME ÉTAT DE L'IRAN

•

TRÈS-RESPECTUEUSE ÉPITRE

A L'OCCASION DE L'HEUREUSE MISSION

DE S. E. FERRUKH-KHAN

AMBASSADEUR EXTRAORDINAIRE ET PLÉNIPOTENTIAIRE DE LA PERSE

PRÈS DE

S. M. NAPOLÉON III

EN 1857-1858

Publiée sous les auspices de M. le docteur L. Taillefer, Président du Comité
scientifique-médical franco-persan,

PAR GILLET-DAMITTE

Professeur titulaire des enfants de l'Iran à Paris,
Membre honoraire du Comité scientifique franco-persan,
Mirza et Chevalier de l'Ordre impérial du Lion et du Soleil de Perse,
Officier de l'Université de France, etc.

Y+

Ye.

43716

هدیه حضور اعلیحضرت

شاهنشاه اعظم ناصرالدین

پادشاه کل ممالک ایران

میرزا رشید دن

معلّم اطفال ایرانیان

در پاریس

۱۲۷۵

شمسی

هجری

A SA MAJESTÉ

NASSER-ED-DIN

ROI DES ROIS

EMPEREUR DU SUBLIME ÉTAT DE L'IRAN

TRÈS-RESPECTUEUSE ÉPITRE

A L'OCCASION DE L'HEUREUSE MISSION

DE S. E. FERRUKH-KHAN

AMBASSADEUR EXTRAORDINAIRE ET PLÉNIPOTENTIAIRE DE LA PERSE

PRÈS DE

S. M. NAPOLÉON III

EN 1857-1858

Publiée sous les auspices de M. le docteur L. Taillefer, Président du Comité
scientifique-médical franco-persan,

PAR GILLET-DAMITTE

Professeur titulaire des enfants de l'Iran à Paris,
Membre honoraire du Comité scientifique franco-persan,
Mirza et Chevalier de l'Ordre impérial du Lion et du Soleil de Perse,
Officier de l'Université de France, etc.

1859

PARIS

IMPRIMERIE TYPOGRAPHIQUE

De JULES DELALAIN

Imprimeur de l'Université impériale de France.

A SA MAJESTÉ

NASSER-ED-DIN SCHAH.

I.

Mirza Gillet-Damitte a pris pour toi sa lyre,
Et devant toi sa muse humble et sans ornement,
Sa muse, pour briller, n'attend que ton sourire.
Mais, à l'aube du jour, le doux soleil levant
Qui dans la goutte d'eau se reflète et se mire
Même au bout d'un brin d'herbe allume un diamant.

II.

Ah! si j'avais l'essor du ramier voyageur,
J'irais, je volerais vers le centre du monde,
Vers le pays féerique où m'entraîne mon cœur ;
Vers ces climats heureux que la lumière inonde,
Où le ciel est épris de la terre, où charmé
Bulbul [1] prête sa voix à la nuit transparente,

1.

Tandis qu'auprès de lui la rose, son amante,
Exhale dans la brise un soupir parfumé.

Ecbatane[2] au soleil comme un beau tableau peinte,
Suse[3] où brillait Esther, Esther l'aimable sainte,
L'étoile du bonheur dans la ville des lis !
Et toi, vaste cité, riche Persépolis[4],
Le trône de Djemschid[5], la honte d'Alexandre
Dont la torche voulait mettre ta gloire en cendre,
Avec quel doux transport je vous évoquerais !
Comme dans vos débris je me promènerais !
Solitaires débris que l'écho seul habite,
Mais où l'antique Perse en ses tronçons palpite
Et morne, taciturne, — au regard curieux
Parle encore du haut d'un passé merveilleux.
Sans rappeler Rustem[6], ce héros d'épopée
Qui vécut pour la guerre et naquit par l'épée,
Rustem, le fier vainqueur des hordes du Touran[7],
Et l'Hercule à la fois et l'Achille d'Iran,
Quels noms ! — Le grand Cyrus qu'en paroles précises
Dieu d'avance nomma, Cyrus dont le décret
Calma tant de douleurs près de l'Euphrate assises
Et qui de Balthazar foudroya le banquet;
Et ces Artaxercès possesseurs d'un empire
Lequel semblait s'étendre à tout ce qui respire....

Et, plus près de nos jours, ces rois dont la vigueur

A laissé dans le peuple une empreinte d'honneur :

Un Nouschirvan le Juste[8], Abbas le Magnifique[9],

Un Tahmas-Kouli-Khan[10] qui, venant tout changer,

Sur l'étranger brisa le joug de l'étranger

Et ranima la Perse à son âme énergique.

III.

Et vous, brillant essaim de poëtes charmants

Que l'on dirait parler la langue du printemps,

Oiseaux du paradis, célestes créatures,

Sublimes, tour à tour, et légères natures :

Attar[11], Orfi, Saïb, Envéri, Nizami,

Kérim, doux rossignol, et toi, tendre Djami,

Hafiz et Firdousi[12] que l'Europe vénère,

L'Horace de la Perse, avec son digne Homère ;

Sâdi qui sus parer d'attrayantes couleurs

La leçon présentée à l'humaine faiblesse

Et dans la parabole enfermas la sagesse

Comme la perle humide au calice des fleurs ;

Moclès[13], que le lecteur suit des yeux et dévore

A travers mille nuits, plus une nuit encore.

Vous tous, introducteurs de ma muse aux abois

Qui n'ose faire un pas devant le Roi des rois,

Guidez son pied timide, au palais des féeries,

Vers le buisson ardent semé de pierreries....

Ah! voici donc l'Aragh[14], la houri des cités!

L'œil aime à s'égarer dans ce riant dédale,

Séjour de la grandeur et des félicités.

C'est donc ici, NASSER, que ta pompe s'étale,

O toi, né pour régner là même où naît le jour,

Illustre Padischâh!....[15] — Mais au sein de ta cour

Je ne vois que toi seul, parmi tant d'arabesques,

A la douce lueur de ces vitraux mauresques

Et dans ton Alhambra plein d'éblouissements!

Au prix de ton regard, que sont les diamants?

Ces perles, ces rubis, dont ta robe ruisselle,

Valent-ils de ton âme une simple étincelle

Et de l'intérieur les tout-puissants reflets?

L'énergie, ô NASSER, voilà tes bracelets!

Dans ton cœur de lion le courage est à l'aise,

Et, sans que cette charge à ta fermeté pèse,

Tu portes sur ton front, sublime chapiteau,

Tu portes tout un peuple, auguste et saint fardeau,

     Couronnement suprême

     Et posé par Dieu même.

IV.

Gloire à Dieu! Ton berceau fut béni; Jéhovah
A mis sur toi sa marque, et puis il t'a dit : Va!
Puis, l'ange de la Perse, à tes destins fidèle,
Avec un doux respect te couvrit de son aile.
Gloire à Dieu! L'heure sainte où ton astre est éclos
Fit tressaillir d'espoir la cendre des héros.
Elle prophétisait tes splendides années
D'un lumineux tissu l'une à l'autre enchaînées.

   D'une tige nouvelle illustre rejeton,
Tu sentis des Kadjars monter en toi la séve[16].
De leur trône héritier, petit-fils de leur glaive,
Toi, de NASSER-ED-DIN tu portes le beau nom[17];
Chef absolu d'un peuple ingénieux et brave
Qui sert en serviteur et non pas en esclave,
Dans un pays central et baigné par trois mers
Dont la vague sonore en battant ses rivages
Semble solliciter par d'éternels concerts
Et l'esprit d'aventure et la soif des voyages,
Ton âme recueillit avidement ces voix
Qu'écoutera toujours l'oreille des grands rois,

Voix du ciel, voix d'un peuple et voix de la nature,
Et tu dis, comprenant leur éloquent murmure :

    « Je veux de la patrie, en de lointains climats,
  « Par l'élan du commerce étendre les cent bras :
  « Je veux grandir ma Perse et centupler sa vie;
  « Au dedans, hors de moi, tout me parle et me crie
  « De la doter enfin de ce progrès ardent
  « L'apanage exclusif des peuples d'Occident.
  « Mais, pour mieux assurer tous ces fruits pacifiques,
  « Je vais les enlacer en des nœuds politiques.
  « Entre le Léopard et l'Aigle ravisseur,
  « J'ai vu voler un Aigle à la royale serre,
  « Un Aigle qui, des torts sublime redresseur,
  « Élève l'olivier plus haut que son tonnerre;
  « Allons d'abord à lui, je ne déchoirai pas ·
  « Les traits lancés vers lui ne partent que d'en bas. »

V.

Ainsi, de tes regards cherchant une alliance,
Ton génie inspiré se tourna vers la France,
La France dont le nom veut dire loyauté
Et qui toujours embrasse avec sincérité;
La France dont l'éclat met l'univers en fête,

Qui ne convoite pas de nouvelle conquête,

Contente de se voir remise à son niveau,

Mais tend la main vers tous et recueillant l'estime,

Sur les droits de chacun, nation magnanime,

Aux quatre vents du ciel déroule son drapeau.

Tu vis la gloire en France et Napoléon trois.

Tu vis la chose et l'homme, — et le respect des rois ;

Car il ne bâtit point sur l'incertain du sable,

Il sait bien ce qu'il veut et le veut puissamment,

Calcule, ordonne, agit, agit résolûment

Et sculpte dans le roc une œuvre impérissable.

Et plus l'obstacle est fort, plus son bras se roidit,

Plus profond est l'abîme et plus ce regard plonge ;

Avec l'événement sa taille aussi grandit,

Avec l'éloignement son glaive aussi s'allonge.

Voilà Napoléon...! Voilà ton allié,

Ferme dans ses desseins et dans son amitié.

Le Tzar s'oublie un jour. — Déjà fume la bombe,

Le monde retentit, et Sébastopol tombe.....

(D'un orgueil colossal aujourd'hui vaste tombe !)

Et l'on ne dira plus à l'heure du besoin :

Le Dieu juste est trop haut, et la France est trop loin.

Et pourtant ce n'est point un brusque météore,

Un foudre, un ouragan théâtral et sonore

1..

Que cet homme-pouvoir signant Napoléon,
Qui dit au Nord altier, comme à l'émeute : Non !
De suprême douceur force immense, voilée,
Tel que la Providence en son obscure allée,
Il circule invisible, il observe sans bruit ;
Puis, tout à coup, prononce une seule parole
Décisive, et qui va de l'un à l'autre pôle.
Il reste dans son ombre, et tout l'horizon luit ;
Le monde, sans le voir, a senti sa présence,
Car le monde écoutait jusques à son silence.

Sur le haut pic d'Adam, dans l'île de Ceylan,
Au centre des massifs, croît le palmier géant.
Sur les vertes tribus déployant son ombrage,
En superbe éventail il porte son feuillage ;
Aucun vent ne l'agite et ce dais merveilleux
Abrite le repos, — repos mystérieux.....
Mais quelle explosion, soudain, par intervalle,
D'un étrange fracas ébranle la forêt ?
Sur l'arbre qui fleurit et tranquille se tait,
C'est l'effet d'un bouton qui brise le pétale.

Telle de l'Empereur la calme volonté,
Doucement parvenue à sa maturité,
Par quelque acte éclatant dont le siècle s'étonne
S'ouvre comme une fleur, — et comme un canon tonne !

Voilà Napoléon ! Ton sens divinateur

L'a bien compris, NASSER. Mais près de l'Empereur,

Qui ne se pairait pas d'une vague harangue,

Quel sera maintenant ton organe et ta langue ?

Ce sera cet ami que tu connais à fond,

Ce nouvel Ali-Schir [18], cœur fidèle et profond

Où ton cœur hardiment peut se verser sans cesse,

Ferrukh-Khan, vase d'or, miroir de ta sagesse,

Parterre oriental des Péris [19] visité,

Où croît parmi les fleurs la fleur d'urbanité.

— Moi-même si chétif, je me crois quelque chose

Depuis que mon argile approcha de la rose.

VI.

Ferrukh-Khan fut choisi pour ton ambassadeur [20].

De la diplomatie il lèvera les voiles ;

Mais la lune se fait un cortége d'étoiles ;

Et six astres brillants, de première grandeur,

Ont suivi Ferrukh-Khan, réunion d'élite

Et qui, respectueuse, autour de lui gravite.

De leur chef honorés, ils honorent leur chef,

Et par lui rehaussés lui donnent du relief.

J'ai connu Malcom-Khan, grâce toute française,
Dont l'air chevaleresque impose ou met à l'aise ;
Neriman-Khan, linguiste aimable et consommé :
Il connaît le trait fin, finement exprimé ;
Méhmet-Ali-agha, diplomate sagace
Qui pénètre le fond et perce la surface,
Recherche en tout le vrai, démêle en tout le bien,
L'embrasse avec amour. — Le prince, la patrie,
Voilà son noble culte et son idolâtrie ;
Pour lui, le devoir prime et le reste n'est rien.

Tous, par leur attitude et leur intelligence,
Ouverts ou réservés, comme veut le moment,
Savent représenter, tour à tour, dignement
Et la France en la Perse et la Perse en la France[21].

Et tu peux les montrer, ô prince, à tes amis,
Et les montrer encor sans crainte aux ennemis.

Avec de tels reflets de sa grave parole,
Ferrukh-Khan sut remplir un magnifique rôle.
Tous les échos du jour proclament son succès[22],
Et sa place fut grande au milieu du congrès.
L'Iran aux yeux du monde a maintenu sa taille,
Et sa cotte d'acier n'a point perdu de maille.
Et sans vouloir sonder les mystères d'État,
Je dirai que partout la Perse est un soldat.

VII.

Mais quels bienfaits naîtront d'un traité d'alliance
Qui fait fraterniser la Perse avec la France ?
Ce n'est pas seulement le commerce agrandi
Vers de nouveaux climats prenant un vol hardi,
Marseille ouvrant ses ports à tes vaisseaux agiles,
Les métaux précieux qui font, en s'échangeant,
De la France à la Perse un sillage d'argent ;
Ni ce flux, ce reflux de richesses mobiles :
Non, ce n'est pas la perle et les tapis soyeux,
Ni les vins pétillants, l'huile et le cinnamome
Qu'emporte simplement le navire; oh ! c'est mieux :
C'est l'âme aussi d'un peuple avec tout son arôme.
Mystérieux fluide, impalpable et vivant,
L'esprit d'invention voyage avec l'idée ;
Par l'amour du trafic en son vol secondée
La découverte va sur les ailes du vent.

Tu prévoyais, NASSER, ces résultats propices,
Et Ferrukh-Khan déjà t'en offre les prémices.
Impatient de voir sur l'arbre du pays
La tige européenne incessamment greffée,
Il emporte avec soi, de notre exemple épris,
Des machines, des plans, pacifique trophée [23].

VIII.

Mais quoi! la plainte humaine a bien aussi ses droits ;
La santé d'un grand peuple est le trésor des rois.
Réparons, avant tout, les vivantes ruines ;
Joignons robustes bras à puissantes machines.
Par l'esprit, par le cœur, Ferrukh-Khan l'a senti,
Et du fond de son âme un appel est parti.
Qui n'eût pas répondu? Pour des offres pareilles
La France humanitaire eut toujours des oreilles.
De savants médecins un cercle s'est formé
D'un élan généreux [24] ; — il doit avec la Perse
De zèle, de science, établir un commerce
Par les plus saints motifs hautement animé ;
Et trois membres persans, héritiers d'Avicenne,
Restent les bienvenus aux rives de la Seine [25].
Le docteur Taillefer, Hippocrate français,
A des sentiers nouveaux leur aplanit l'accès.

IX.

Grâce à ce beau concert d'études et de vues,
Grâce à tes conseillers, grâce à ton Sadrazam,

De l'honneur de son roi fidèle courtisan,

Qui suivra ton exemple hors des routes battues ;

Mais surtout, grâce à toi, nul bien n'est oublié.

Ton génie, ô NASSER, est le Nil de la Perse,

Sans lequel tout languit, et culture et commerce,

Par d'habiles canaux fleuve multiplié ;

Et comme l'Ardouisour [26] la divine fontaine

    Aux sinueux replis,

    Ta bonté souveraine

    Ira, de veine en veine,

S'ouvrir de doux chemins jusqu'au cœur du pays.

Ce grand corps reverdit en sa vaste étendue ;

Plus de membre souffrant et plus de steppe nue,

Ni de vallons sans eau, ni de grands lacs salés.

Desséchez-vous, marais ! ondes mortes, coulez !

Comme le sang qui fume et jaillit de l'artère,

Eaux vives, pressez-vous de sourdre de la terre.

Que de l'Est à l'Ouest et du Nord au Midi,

    Charmantes rigoles

    A l'ombre des saules

    Courent à l'envi !

Par l'air et la lumière et l'onde caressée,

Sous l'œil de tes Mirabs [27], ô terre, enivre-toi,

Ouvre ton sein brûlant à la fraîche rosée ;

Ta fertilité même est un don de ton roi.

Que le chêne robuste exprime sa puissance !

Comme sa gloire au ciel, que le palmier s'élance !

Que la verte tribu des peupliers mouvants,

A petit bruit, le soir, en parle avec les vents.

Que le laurier verdoie, et qu'en signe de fête

De sa tunique d'or l'orange aussi se vête ;

Que le frêle pêcher mêle son fruit vermeil

Au fruit de l'abricot, semence du soleil[28] !

Et, comme un ris joyeux sur la lèvre écarlate,

Avec ses blanches dents que la grenade éclate !

Cependant que la vigne escaladant les monts,

La vigne sympathique, en gracieux festons,

Semble dire : « Je veux porter jusqu'aux nuages

« De son règne d'amour les heureux témoignages,

« Et chacun dans la coupe, au bord inspirateur,

« Aura pour le chanter un rayon de chaleur. »

  Mais que le blé, surtout, cher à la métairie,

Que le blé nourricier trône dans sa patrie[29],

Montre partout son luxe, et quand le voyageur,

Devant ce doux spectacle attentif et rêveur,

Le voyageur charmé, qui justement admire,

Demandera : « Qui donc fait fleurir le désert? »

L'un sur l'autre inclinés, sous le vent qui soupire,

Vous, épis murmurants, vous répondrez : Nasser !

Le Touran lui-même,

Séjour d'Ahriman [30],

Sent ta main suprême

Entrer dans son flanc ;

La séve y circule,

La verdure naît ;

Il cède, il recule :

L'oasis paraît,

Comme sort de l'onde

Génisse féconde

Au milieu d'un pré

De fleurs diapré.

X.

De la mer d'émeraude [31] à la ville aux platanes [32],

Quel tableau maintenant ! Fière entre les sultanes

Avec ses frais lilas, ses jardins embaumés,

Ses coteaux verdoyants et du poëte aimés,

Sur de riches guérets paisiblement assise

Et livrant ses parfums au souffle de la brise,

Suivant de ses regards, à l'horizon lointain,

Sur le sable brillant la longue caravane

Qui, coupant du désert la mer houleuse ou plane,

Aux roulis des chameaux paraît voguer sans fin ;

Couvant aussi de l'œil l'aile de maint navire

Qui glisse au fond du golfe avec le vieux nocher,

Tandis que çà et là semble pendre au rocher

La chèvre vagabonde, au soyeux cachemire ;

Écoutant mille voix chanter dans les échos,

Et ses coursiers hennir, et mugir ses taureaux ;

Par les tuyaux actifs de sa riche industrie

Élançant la vapeur en colonnes d'azur,

Fumant ce Calioun avec coquetterie,

Ses pieds dans les épis, sa tête en un ciel pur,

Au soleil d'Orient, Dieu, que ta Perse est belle !...

  Pour couronner encor sa grâce naturelle,

L'art joignant sa magie à la réalité

Jette autour de ses flancs une écharpe changeante

Et d'immortelles fleurs toute luxuriante,

Et d'attraits en attraits, sous un jour enchanté,

En la transfigurant achève sa beauté.

XI.

A verser les bienfaits on se rafraîchit l'âme

Des blessures du cœur c'est le meilleur dictame.

Toujours celui qui donne, au fond, reçoit le plus.
Si du trône élevé descend un vaste flux,
Tout ce bonheur public dont toi seul es la source
Vers toi remonte aussi dans sa limpide course,
S'élève sur ton front, par un juste retour,
En gerbes d'allégresse et de reconnaissance,
Retombe en gouttes d'or, en cascades d'amour,
En bénédictions, tribut d'un peuple immense,
Tribut vraiment royal et mélodieux bruit
Qui ne se taira plus ni le jour ni la nuit.

XII.

Vienne un voisin jaloux troubler la douce joie,
Il ne trouvera pas une facile proie :
Terre que l'on cultive est fertile en soldats.
Debout comme un seul homme un peuple alors se lève;
Il défend son bonheur à la pointe du glaive
Et contre l'ennemi marche du même pas.
Toute la nation est ton infanterie,
De soi-même en grondant le canon tirerait,
Et le vaste rideau de ta cavalerie
Contre cette menace au loin se déploîrait.

. . . .

Et comme entre alliés volontiers l'on se prête,

Pour guider tes enfants, pour combattre à leur tête,

La France t'a donné douze[33] chefs glorieux

A qui jamais péril ne fit baisser les yeux.

Ne sont-ils pas sortis des rangs de cette armée

Qui, laboureur terrible aux champs de la Crimée,

Traça tant de sillons devant Sébastopol,

De balles, de boulets, ensemença le sol

Et l'arrosa de sang et, faucheur funéraire,

Moissonnait à pleins bras les moissons de la guerre?

Ah! dans ces jours de fête, ils savent quel tapis

L'on foule pour entrer au lit de la Victoire,

Et comment, sur les morts entassés comme épis,

On gravit le sommet que l'on nomme la Gloire.

Rien n'arrête l'élan de ces cœurs chaleureux;

Quand ils donnent l'assaut à la roche hautaine,

Les nuages émus se demandent entre eux

S'ils ne vont pas de l'air envahir le domaine.

Rangés, ô Padischâh, autour de ta grandeur,

Mariant leur bravoure à la valeur persane,

De ce double trépied quelle sera l'ardeur?

Elle consumerait à l'instant le profane.

Oui, comme le Français courageux et brillant,

Les Persans ont reçu l'étincelle électrique,

Un esprit vif et prompt, une âme sympathique,
Le feu sacré. — Ce sont les Français d'Orient.

XIII.

Si maintenant la France, en merveilles féconde,
Du geste et de la voix donne le branle au monde,
Jadis, quand tout dormait dans l'immobilité,
Dans la torpeur de l'âme et dans l'obscurité,
La Perse, au grand soleil, s'éveilla la première :
La Perse avec ardeur entrant dans la carrière
La première en avant, sous l'œil de l'Éternel,
Marcha, — du genre humain premier pas solennel !
Et chaque jour encor dans la céleste plaine,
Visible aux yeux de tous, son drapeau se promène [31],
Et chacun peut y lire : ACTIVITÉ, PROGRÈS ;
Devise de salut, caractères sacrés.
Le progrès, c'est Hormuzd qui, vainqueur des ténèbres
Affranchit l'univers de ses voiles funèbres ;
Le vrai progrès qu'irrite un cercle rétréci,
Le progrès sans repos, le progrès, c'est aussi
Le cheval de Rustem, animé de son âme,
Son Rakhsch infatigable, au poil couleur de flamme,

A la noble encolure, aux crins étincelants,

Aspirant le combat de ses naseaux brûlants,

Qui, comme un tourbillon, s'emporte dans la lice

Et ne connaît torrent, ni mont, ni précipice.

Il est sellé pour toi; monte-le, Padischâh;

Voilà ton plus beau trône : Allah seul est Allah!

  Devant toi, sans jamais regarder en arrière,

Va, sème le bonheur et sème la lumière.

Du haut de ton coursier, penché sur l'avenir,

Garde une royauté qui ne doit point finir,

Et qu'aux siècles futurs avec force lancée

Aille droit à son but ta vaillante pensée,

Trait vibrant décoché par l'arc de ton esprit!

Contre ta mission aucun temps ne prescrit.

Le glaive de Djemschid en ta droite étincelle,

Et comme Féridoun, petit-fils du héros,

Dissipa l'ignorance et bannit tous les maux,

Poursuis le grand combat, éclaire et renouvelle.

Le savoir est le pain des élus du saint lieu;

L'ignorance est la mort, la science est la vie.

Fais asseoir tes sujets à la table de Dieu.

« C'est moi, dit le Seigneur, c'est moi qui vous convie. »

Allah seul est Allah! Pour t'enflammer encor,

La Gloire te fait signe et, comme Roudabée,

Te jette en souriant ses longues tresses d'or [35],
Vers ton but magnifique, échelle parfumée.

    Ce but, tu l'atteindras. Je crois à ton destin,
Comme l'œil croit au jour sur la foi du matin.
Je ne me berce pas d'une trompeuse image :
Non, j'ai de sûrs garants; ce n'est point un mirage.
Et qui pourrait douter, les yeux sur ton Soleil,
La main sur ton Lion si noble à son réveil?
Ah! j'ai senti son cœur frémir d'indépendance;
Tous les sommets d'Elbourz [36] connaissent sa vaillance.
Il terrassa le tigre... et, chasseur indompté,
Les hôtes des forêts craignent sa majesté,
Quand balayant le sol du vent de sa crinière,
Faisant mouvoir la peau de sa face guerrière,
Au bruit de la tempête il sort de son repos,
Allume sa prunelle à l'éclair de la foudre,
Fait rugir son tonnerre, et, parlant aux échos,
Du désert qui s'anime interroge la poudre.

    J'ai vu ton astre aussi, plein de sérénité,
Entre le peuple et toi dissiper tout orage;
De l'adulation chassant l'impur nuage,
Épandre également sa paisible clarté;
Dorer l'humble cabane et le sérail superbe;
Réchauffer la fourmi qui travaille sous l'herbe;

Sécher les pleurs du pauvre et, du trône des airs,
Aller chercher encor la perle au fond des mers ;
Et secourable à tous, père et roi sans mesure,
Ombre du grand Allah que bénit la nature,
Fécondant du travail les germes créateurs,
Faisant fleurir les arts, les moissons et les mœurs,
Dans la sphère visible et la sphère de l'âme,
Écrire au firmament son règne en traits de flamme !!

XIV.

Et l'Occident, courbé comme un homme priant,
S'écriait : Gloire à Dieu qui fait cet Orient !!!
  Et notre Aigle qui voit jusqu'au bout de la terre,
Notre Aigle qui jamais ne s'endort dans son aire,
Notre Aigle, contemplant tes actes radieux,
Applaudissait de l'aile en montant vers les cieux.

FIN.

NOTES.

1. Bulbul, le rossignol.

2. Ecbatane, autrefois ville de la grande Médie, aujourd'hui Hamadan, dans l'Irak-Adjémi.

3. Suse, autrefois capitale de la Susiane, ne présente plus aujourd'hui que des ruines, auprès de Schouster, dans le Khousistan.

4. Persépolis, ancienne capitale de la Perside; aujourd'hui l'emplacement de cette antique cité est couvert d'importantes ruines sur lesquelles s'élève le château fort d'Istakhar, à quarante-huit kilomètres de Schiraz, dans le Farsistan.

5. Djemschid, chef de la deuxième dynastie des rois de Perse, dite des Pischdadiens, suivant M. Champollion-Figeac, au xixe siècle avant l'ère chrétienne. Le règne de Djemschid fut un des plus mémorables; les annales civiles et les traditions religieuses en ont consacré les souvenirs et les bienfaits.

6. Rustem, né de Zal et de la belle Roudabée, fille d'un roi du Caboul, acquit dans le sein de sa mère une telle force qu'on ne put l'en tirer qu'en ouvrant avec un poignard le flanc de Roudabée enivrée de vin. On donna dix nourrices à l'enfant pour le rassasier; quand il fut sevré, il mangea plus que cinq hommes. « Grand et beau, il était comme un héros semblable au lion. » (Récit du poëte Firdousi.) V. note 35.

7. Le Touran des anciens poëtes et chroniqueurs persans était dans le Turquestan.

8. Nouschirvan ou le grand Chosroës, an de J. C. 531.

9. Abbas le Magnifique, mort en 1628.

10. Tahmas-Kouli-khan ou Nadir-schâh, mort en 1747.

11. Farid-Uddin-Attar vivait au xiie siècle. Il est l'auteur du *Langage des Oiseaux*, poëme de philosophie religieuse, traduit en français par M. Garcin de Tassy, membre de l'Institut, etc.

12. Abou'lkacim-Firdousi, auteur du *Shah-Namèh* ou *Livre des Rois*, vécut au xe siècle. C'est le plus illustre des poëtes persans. Son livre expose les faits de l'histoire ancienne de la Perse et ne contient pas moins de soixante mille distiques rimés.

Un illustre orientaliste, M. Jules Mohl, membre de l'In-

stitut, professeur de persan au collége de France, commandeur de l'ordre impérial et militaire du Lion et du Soleil de
Perse, a eu le courage d'entreprendre la traduction du *Shah-
Namèh* en français, avec le texte persan en regard. Déjà quatre
gros volumes in-folio, sur sept, sont publiés de ce monument
précieux de la littérature persane, que les presses de l'Imprimerie impériale reproduisent avec toute la perfection dont est
susceptible l'art typographique parmi nous.

13. Moclès, auteur, selon plusieurs, des *Mille et une Nuits,
contes arabes,* n'appartient pas à la nationalité persane; mais
comme cet ouvrage jouit en Perse d'une grande popularité,
nous associons le nom de Moclès à celui des poëtes persans
cités. Pour les détails relatifs à ces poëtes, voir *la Perse,* par
M. L. Dubeux, professeur de turc à l'école des langues orientales, etc.

14. L'Aragh, palais de l'empereur à Tehran.

15. Padischâh ou schâh signifie empereur.

16. La dynastie des Kadjars compte quatre souverains : Agha-
Mohammed, son fondateur, régna de 1776 à 1798; Feth-Ali-
schâh, de 1798 à 1834; Mohammed-schâh, fils du célèbre
prince impérial Abbas-Mirza, de 1834 à 1848; S. M. Nasser-
Ed-Din, fils du précédent monarque, est né le 16 sefer 1246
(5 août 1830). « Les princes de la famille régnante ont su
éviter jusqu'à présent ces habitudes de mollesse qui engagè-
rent plusieurs souverains de la race séfévienne à se renfermer
dans leur harem. Les souverains Kadjars s'occupent personnel-
lement des affaires publiques. » (*La Perse,* par M. Dubeux.)

17. *Nasser-Ed-Din* signifie *héros de la religion.* A son avé-
nement à l'empire, ce prince a pris pour la devise que chaque
monarque persan adopte au commencement de son règne, et
qui est gravée sur le grand sceau impérial, un vers dont voici
le sens : « Depuis que la main de Nasser-Ed-Din prit l'anneau
« de la royauté, le nom de la justice et de l'équité a rempli le
« monde, depuis le fond de la mer jusqu'au haut des cieux. »

18. Ali-Schir. Ce beau génie, tout à la fois homme d'État
et poëte distingué au xv° siècle, aimait et encourageait les lit-
térateurs.

19. Les Péris, fées d'une merveilleuse beauté.

20. S. Exc. Ferrukh-Khan partit de Tehran pour l'Europe
en juillet 1856. Arrivé à Constantinople, il y demeura plusieurs
mois avec toute sa suite; puis il s'embarqua pour la France

sur un navire que le gouvernement français mit à sa disposition. Il fut reçu à son débarquement à Marseille avec tout le cérémonial dû à son haut rang et avec tout l'enthousiasme qu'inspirait déjà sa renommée. Un orientaliste de la plus haute distinction, M. Kasimirski, secrétaire-interprète pour les langues orientales au ministère des affaires étrangères, fut envoyé officiellement à Marseille au-devant de cette importante mission et fit partie de la suite de l'illustre ambassadeur. L'ambassade arriva à Paris le 14 janvier 1857. Les principaux personnages étaient :

S. Exc. FERRUKH-KHAN, ambassadeur extraordinaire et plénipotentiaire, avec le titre particulier de *confident* de son auguste souverain. Après avoir été page de Mohammed-schâh, il est devenu successivement inspecteur général, puis ministre des finances. Il est décoré du *Chamsei-Morasaa*, décoration tout en diamant, avec le ceinturon et l'épée garnis de brillants, grand-officier de la Légion d'honneur, grand'croix des ordres de Léopold de Belgique, de la Croix de fer, de l'Aigle noir de Prusse, de Saint-Maurice et Saint-Lazare de Sardaigne, etc.

ZEMAN-KHAN, conseiller d'ambassade, chevalier de la Légion d'honneur, décoré des ordres de Saint-Maurice et Saint-Lazare, de Léopold, de la Croix de fer, etc.

MALCOM-KHAN, conseiller d'ambassade, colonel du génie, aide de camp et interprète particulier de l'empereur de Perse, commandeur du Lion et du Soleil, de la Croix de fer, de l'Aigle noir, de l'ordre de Léopold, de Saint-Stanislas de Russie, de Saint-Maurice et Saint-Lazare; officier de la Légion d'honneur, etc.

NERIMAN-KHAN, premier secrétaire de l'ambassade, général aide de camp particulier de l'empereur, officier du Lion et du Soleil et de la Croix de fer; commandeur de Saint-Stanislas et de l'ordre de Léopold; chevalier de la Légion d'honneur, etc.

MIRZA-RÈZA, premier interprète de l'ambassade et de l'université de Tehran, chevalier du Lion et du Soleil, officier de l'ordre de Léopold et de l'Aigle noir de Prusse, etc.

MIRZA-ALI-NAGHI, secrétaire d'ambassade, gentilhomme de la chambre de l'empereur, médecin de l'école de Tehran, officier du Lion et du Soleil, de l'ordre de Léopold, de la Croix de fer, de Saint-Maurice et Saint-Lazare, etc.

MOHAMMED-ALI-AGHA, interprète d'ambassade et du ministère des affaires étrangères, colonel d'infanterie (*du Nizam*), chevalier du Lion et du Soleil et de l'Aigle noir de Prusse, officier de l'ordre de Léopold, commandeur de Saint-Stanislas de Russie.

MIRZA-HUSSEIN, écrivain-rédacteur de l'ambassade et du ministère des affaires étrangères.

MIRZA-RÈZA, médecin de l'ambassade, chevalier du Lion et du Soleil.

MIRZA-HUSSEIN, médecin de l'ambassade, chevalier du Lion et du Soleil.

FOCHETTI, pharmacien de l'ambassade, professeur de chimie et de physique à l'école impériale de Tehran; officier du Lion et du Soleil.

21. Ces paroles sont de S. Exc. Ferrukh-Khan, qui a lui-même ainsi caractérisé les officiers de sa suite en parlant à l'auteur.

22. Jamais ambassade étrangère n'occupa aussi longtemps, et d'une manière aussi soutenue, l'attention publique. Tous les journaux français et de l'Europe furent unanimes pour reconnaître et louer les brillantes qualités du cœur et de l'esprit de l'illustre *confident* de S. M. Nasser-Ed-Din. En France, en Angleterre, en Belgique, partout, Ferrukh-Khan, objet d'une respectueuse estime, fut, ainsi que ses officiers, accueilli et fêté avec enthousiasme. Parmi les journaux français qui ont avec zèle embrassé la cause de l'alliance franco-persane, nous devons citer la *Presse* ainsi que le *Journal de Chartres,* dont le rédacteur en chef, M. Lequien, a constamment composé des notes et donné place à des articles d'à-propos sur la Perse, entre autres: *les Persans à Paris; Ferrukh-Khan; la France et la Perse; la Civilisation française en Orient,* écrits par l'auteur de cette épître.

23. Dans ses voyages en Europe, S. Exc. Ferrukh-Khan a vu, examiné toutes choses, dans la science économique, dans l'industrie, dans les arts et dans le commerce, sans oublier la littérature, qui est l'expression fidèle des mœurs des peuples, dont il s'est fait rendre compte. De toutes parts on s'est empressé de lui fournir tous les documents dignes d'un si haut intérêt. Regrettant de ne pouvoir, faute de renseignements suffisants, insérer ici la liste complète des personnages généreux qui ont servi les vues patriotiques de ce grand ambassadeur, nous donnons seulement les noms qui suivent; Messieurs:

HAUSSMANN, sénateur, préfet du département de la Seine, grand-officier de l'ordre du Lion et du Soleil, etc., etc.

LYNCH, chevalier de l'ordre du Bain, grand-officier de l'ordre du Lion et de Soleil, qui, par sa connaissance profonde des langues et des mœurs orientales, a puissamment contribué à la conclusion du dernier traité de paix entre la Perse et l'Angleterre, etc.

FLEURY-HÉRARD, banquier de S. M. le Schâh, consul général de Perse à Paris, grand-officier de l'ordre du Lion et du Soleil, etc.

ALEX. CHODZKO, ancien consul de Russie en Perse, commandeur de Saint-Stanislas, chevalier de Saint-Wladimir, grand-officier de l'ordre du Lion et du Soleil, professeur au collège de France, etc. Ce savant philologue, homme de cœur comme d'esprit, qui a passé quatorze ans de sa vie en Perse, en a étudié et en connaît à fond la langue et les mœurs. Sans parler des textes paléo-slaves dont il publie des traductions, il met en œuvre sa grande érudition pour enrichir la France d'ouvrages utiles et fort intéressants, soit de sa composition, comme son excellente *Grammaire persane* et son ouvrage de l'*Élève des vers à soie en Perse*, soit de ses traductions, comme l'*Historiographie du règne de S. M. Nasser-Ed-Din*, etc., etc.

KUHLMANN, fabricant de produits chimiques, président de la chambre de commerce de Lille, membre correspondant de l'Institut, commandeur de l'ordre du Lion et du Soleil, etc.

TROUSSEAU, professeur à l'école de médecine de Paris, officier de l'ordre du Lion et du Soleil.

VIGLA, agrégé à la faculté de médecine de Paris, médecin de la maison municipale de santé.

ADAM, maire de Boulogne-sur-Mer, commandeur de l'ordre du Lion et du Soleil, etc.

J. GIRARDIN, professeur de chimie, doyen de la faculté des sciences à Lille, commandeur de l'ordre du Lion et du Soleil, etc.

TH. ROUZÉ, ancien président du tribunal de commerce, banquier à Lille, officier de l'ordre du Lion et du Soleil, etc.

BRUNET, président de la chambre de commerce à Reims, officier de l'ordre du Lion et du Soleil.

MOLET jeune, manufacturier, consul de Perse à Elbeuf, officier de l'ordre du Lion et du Soleil, etc.

POUCHET, docteur-médecin, professeur d'histoire naturelle au musée de Rouen, officier de l'ordre du Lion et du Soleil, etc.

TURGAN, rédacteur en chef du *Moniteur officiel*, décoré de l'ordre du Lion et du Soleil, etc.

Debbeld, négociant, qui a contribué avec zèle et succès aux relations commerciales entre la Perse et la France, officier de l'ordre du Lion et du Soleil.

Hebert fils, négociant à Rouen.

24. A cet appel ont répondu spontanément des hommes qui joignent à la science pratique les éminentes qualités qui distinguent les gens de bien. Désireux de propager par l'émulation les bienfaits des lumières utiles à l'humanité, ils ont accordé leur concours dévoué aux vues philanthropiques de S. Exc. Ferrukh-Khan, et le *comité scientifique médical franco-persan* a été fondé à Paris le 22 mars 1858 sous les auspices de l'ambassadeur. Ce comité a pour objet d'établir entre la France et la Perse des relations d'un nouvel ordre, en organisant un échange régulier de communications scientifiques. A ce titre, il doit resserrer les liens d'amitié qui unissent déjà les deux pays, et faire entrer la nation persane dans le mouvement intellectuel qui conduit lentement et progressivement les peuples européens vers de nouvelles et plus hautes destinées. Une commission permanente de cinq membres, deux docteurs-médecins, un médecin-dentiste, un pharmacien-chimiste et un médecin-vétérinaire, est chargée de transmettre à l'école de médecine de Tehran tous les renseignements nécessaires au progrès de la science, de faire analyser les substances médicamenteuses dont la composition chimique serait douteuse et dont la valeur, méconnue jusqu'à ce jour, pourrait être, pour la Perse, une nouvelle source de richesses. De plus, le comité se charge d'adresser à la commission persane, mise en correspondance avec lui, toutes les publications scientifiques qu'il lui est loisible de se procurer ; des échantillons des produits industriels et chimiques, les médicaments dont l'action lui paraît pouvoir être appropriée avec fruit aux maladies du pays. Les membres fondateurs de ce comité sont :

S. Exc. Ferrukh-khan, Président d'honneur ;

MM. L. Taillefer, docteur-médecin de la faculté de Paris, ancien interne des hôpitaux, breveté du titre de pharmacien-chimiste de 1re classe, désigné au *Moniteur,* en 1833, pour une médaille d'honneur à l'occasion du choléra, membre correspondant élu de l'Académie de médecine, médecin, par arrêté du ministre d'État, des théâtres de Paris, et médecin des sauveteurs médaillés du département de la Seine, auteur de plusieurs ouvrages de médecine pratique : Président titulaire.

Er. Amyot, médecin de la faculté de Paris, médecin-dentiste de l'ambassade de Perse, des asiles et des écoles communales de la ville de Paris : Secrétaire.

H. Margerie, docteur en médecine de la faculté de Paris, ancien interne en médecine et en chirurgie des hôpitaux de Paris, ancien collaborateur de plusieurs journaux de médecine, membre d'un conseil d'hygiène et de salubrité publique.

Fr. Grimault, pharmacien-chimiste de première classe, lauréat de l'école impériale de Paris, pharmacien de la maison de S. A. I. le prince Jérôme.

A. Watrin, médecin-vétérinaire de l'école impériale d'Alfort, expert juré pour la santé publique dans les approvisionnements de la ville de Paris.

Mirza-Ali-Naghi, médecin de l'école impériale de médecine de Tehran.

Mirza-Hussein, médecin de l'école impériale de médecine de Tehran.

Mirza-Rèza, médecin de l'école impériale de médecine de Tehran.

Tholozan, docteur en médecine, ancien professeur agrégé à l'hôpital militaire du Val-de-Grâce, médecin de S. M. le schâh de Perse : membre honoraire.

Mohammed-Ali-Agha, traducteur des statuts, membre honoraire.

Gillet-Damitte, officier de l'Université, membre honoraire.

25. Ces trois membres persans sont nommés dans la note des nos 20 et 24. — L'un d'eux, M. Mirza-Ali-Naghi, comblé d'honneurs en Europe et appelé à jouir paisiblement dans sa patrie, près de sa famille, des avantages de sa haute position à la cour de son auguste souverain, a préféré rester à Paris pour s'y perfectionner dans la science médicale, donnant ainsi à ses compatriotes un exemple digne des plus grands éloges. M. Mirza-Ali-Naghi, qui joint à une haute éducation les manières et les sentiments les plus distingués, est destiné à rendre à la Perse de grands services et à faire honneur à la France, sa patrie adoptive.

26. L'*Ardouisour*, fontaine sacrée dont il est parlé dans les légendes.

27. *Mirab* signifie *prince de l'eau*. Les mirabs sont des officiers chargés de veiller à la distribution des eaux des rivières

ou des ruisseaux accordées aux cultivateurs, suivant leurs besoins et la rétribution qu'ils payent.

28. Il existe en Perse une espèce d'abricots tellement gros qu'on les appelle *semence du soleil.*

29. Sur la foi de quelques écrivains, nous admettons que le blé est originaire de la Perse.

30. Ahriman, principe de tout mal, dans la religion de Zoroastre, opposé à Hormuzd, principe de tout bien.

31. Le golfe Persique.

32. Tehran, ainsi nommée par Pietro della Valle.

33. Ces braves militaires français sont : MM. Brongniart, chef d'escadron d'artillerie, chef de la mission ; — Rousso, capitaine d'artillerie ; — Nicolas, lieutenant d'artillerie ; — Benezech, capitaine du génie ; — Duhousset, capitaine d'infanterie de ligne ; — Obry, lieutenant *id.;* — Brieu, sous-officier d'infanterie ; — Loprasse, *id.;* — Marie, *id.;* — Sergent, *id.;* — Laubier, ouvrier d'état d'artillerie ; — Bousquet, chef de musique.

34. L'emblème de la Perse est un lion couché avec un soleil levant sur son dos. « Ces armes de la Perse, dit M. Dubeux, sont brodées sur les étendards, et on les voit aussi sur la plaque d'un ordre impérial et militaire que le schâh confère à ceux de ses soldats et de ses officiers qui se sont distingués par leur courage. » — Le drapeau impérial est de couleur verte, qui est chez les Persans la couleur sacrée.

35. Zal, fils d'un ministre de Minotschehr septième roi pischdadien, étant à la chasse, aperçut au haut d'une tour la belle Roudabée ; ils se regardèrent l'un l'autre, et aussitôt ils s'aimèrent. Zal n'avait aucun moyen d'atteindre le haut des murailles. Enfin un expédient se présenta aux yeux de la charmante recluse : elle coupa ses longs et beaux cheveux noirs, enlacés de fils d'or, et en forma des tresses qui, tombant jusqu'au pied de la tour, fournirent à Zal les moyens de monter. Zal et Roudabée furent unis par les liens sacrés du mariage.

36. Les monts d'Elbourz, à douze kilomètres au nord de Tehran, renferment des animaux féroces. En 1857, dans une partie de chasse engagée dans ces montagnes, le schâh vit un tigre se précipiter sur son premier ministre. Le prince, avec autant de sang-froid que de vigueur, courut sur le féroce animal et le tua de sa main à coups de lance, aux pieds de son grand officier. Cet acte de courage sauva la vie à ce dernier.

www.ingramcontent.com/pod-product-compliance
Lightning Source LLC
Chambersburg PA
CBHW060855180626

46818CB00004B/1717